KB137419

청개구리 가로수

남지민 동시집

청개구리 가로수

초판 발행 | 2015 년 8월 1일

지은이 | 남지민
그린이 | 박명자
펴낸이 | 신중현
펴낸곳 | 도서출판 학이사
출판등록 : 제25100-2005-28호
주소 : 대구광역시 달서구 문화회관11안길 22-1(장동)
전화 : (053) 554~3431, 3432 팩스 : (053) 554~3433
홈페이지 : http : // www.학이사.kr
이메일 : hes3431@naver.com

ISBN_ 979-11-5854-002-9 03810

청개구리 가로수

남지민 동시집 | 박명자 그림

學而思 | 학이사

시인의 말

아이를 키우면서 아이와 눈과 마음을 맞추며 저의 눈과 마음도 한 뼘 더 자라났습니다. 습작 시기부터 적어오던 동시를 모아내며 다시 새로운 출발을 하려고 합니다.

얼마 전 우리 아이가 저에게 "엄마는 꿈이 뭐예요?" 하고 물었습니다.

'꿈이 뭐였어요?' 도 아니고 '꿈이 무엇이냐' 는 현재형의 질문에 깜짝 놀랐습니다.

아이에게는 늘 '꿈을 가져라' 라고 말하면서 정작 엄마인 저는 제 꿈이 뭔지 생각도 하지 않고 살았습니다. 그래서 꿈을 가지고 그 꿈을 향해 조금씩 나아가는 사람이 되어야겠다고 생각했습니다.

늘 감사하는 마음을 가지고 배려, 겸손, 솔직함이 매력이 될 수 있는 사람이 되었으면 좋겠습니다. 그런 사람이 쓰는 동시는 어린이에게 긍정의 에너지로 다가가 가슴에 잔잔한 감동의 물결을 일게 할 것 입니다. 시인이라는 거창한 이름보다 아줌마라고 불리면서, 나이가 더 들어서는 할머니라고 불리면서 친근하고 다정하게, 어린이 곁에서 그들의 눈과 마음을 읽어내는 동시를 쓰겠습니다.

작고 못생긴 동시를 예쁘게 엮어 출판해 주신 도서출판 학이사와 해설의 수고로움을 마다않고 써주신 박방희 선생님께 감사드립니다. 그리고 항상 믿어주시고 기쁘게 일할 수 있게 도와주시는 대구예총 가족께도 감사의 말씀을 드립니다.

힘든 시기, 열심히 살아오시는 모습을 몸소 보여주시는 것으로 큰 배움을 주신 우리 부모님께 감사합니다. 든든한 응원군이자 꿈을 꿀 수 있게 도와준 우리 아이들 혜솔, 솔찬이와 남편 한식님! 고맙고 사랑합니다.

2015년 여름에

남지민

차례

제1부
봄소풍

제2부

국화빵

제3부

나무가 바람에게

제4부
벙어리장갑

청개구리 가로수

1부

봄소풍

급식시간 | 아침에 | 콩밭 | 거미 | 입방아
친구 사이 | 지렁이 | 점 | 책가방
먼지 | 2월 | 봄 소풍 | 응원
초록은 동색

급식시간

맘에 드는 친구
좋아하는 친구
착한 친구에겐

맛있는 반찬
수북이 담아주는
급식시간은

우리 반
인기 투표시간.

아침에

학교 가는 날
아침은
–학교 가야지!
엄마가 잠꾸러기 날 흔들고

일요일
아침은
–배고파요!
내가 잠꾸러기 엄마 깨우지

학교 가는 날
아침은
엄마가
–빨리 빨리!
재촉하고

놀러 가는 날
아침은
내가
-빨리 빨리!
서두른다.

콩밭

수학문제 풀 때
풀이를 못 하고 머뭇거리면
엄마는
“마음이 콩밭에 가 있네”
혼내신다.

시골 갔을 때
콩밭은

밭 고랑
논둑 사이 사이
빈틈 있는 땅
꼼꼼히 메우며
꼬투리 꼬투리
콩을 키우고 있었는데

콩밭은
딴 맘 먹은
나 땜에
억울하겠다.

거미

해질녘
처마 끝에 쳐놓은 거미줄
낮 내내 보이지 않던 거미
거미줄 가운데로 슬금슬금
옮겨 앉는다.

거미줄은
거미의 장바구니일까?
거미의 저녁 밥상일까?

입방아

하루 종일 바쁘다.

아침저녁
찧고, 까불고

수업시간에는
소곤소곤, 쑥덕쑥덕

쉬는 시간에는
대놓고 종알종알, 재잘재잘

잠시도 쉴 틈 없는
방아, 방아, 입방아.

친구 사이

학교 가는 길
나연이와 나 사이
반짝! 해 떴다.

토닥토닥, 말다툼
나연이와 나 사이
소나기 내린다.

꿉꿉한 마음으로
집에 오는 길
놀이터 소꿉놀이

넌 엄마, 난 아빠
나연이와 나 사이
무지개 떴다.

지렁이

땅에서 솟았나?
하늘에서 떨어졌나?

비 오는 날
지렁이 한 마리

아스팔트 주차라인
한 자리 차지하고

꿈틀꿈틀
샤워하고 있네

차 오면 어쩌려고?
“얘, 어서 집 찾아 가야지!”

점

오늘 문득
쳐다본 거울
얼굴에 점 하나 생겼다.

볼펜에 찍혔나
문질러도
안 지워진다.

별 헤듯
쳐다보고
손가락으로 짚어본다.

별자리도 내 점처럼
언제 생겼는지
모르게 생겨났을까?

이제 별 하나
얼굴에 품고
살게 되었네.

책가방

숙제 많은 날
책가방은
달팽이

느릿느릿
신주머니 끌며
집으로 돌아간다.

상 받은 날
책가방은
잠자리비행기

팔락팔락
프로펠러 돌리며
집으로 날아간다.

먼지

방학 동안
책 안 보고
책상 정리 안 했더니
내 맘 빈틈 알고
켜켜이 쌓인 먼지

게을러진 내 마음
용케도 찾아
뽀얗게 드러내 보인다.

무심코 내버려둔
책상 틈새며 침대 아래
콕 틀어박힌 먼지

눈길 주지 않고
마음 쓰지 않는 곳
뿌옇게 보여준다.

훌훌 털고 쓸고
뽀득뽀득 닦아내면
감쪽같이 사라지는 먼지는
마음이 흘린 부스러기들인가 봐!

2월

2월은
겨울과 봄이
놀다가는 놀이터

봄바람과 겨울바람
밀고 당기며
펄쩍 펄쩍
고무줄놀이

엎치락뒤치락
따사로운 햇빛과
차가운 바람
모래 위 씨름 한 판

3월이 오면
봄이 이기는 놀이
해마다 펼쳐진다.

봄 소풍

도시락과 과자, 음료수
소풍 가방 가득
무거운 줄 모르고

한참 놀고 먹다보니
소풍 가방
홀쭉해졌다.

꽃, 풀, 햇볕
온갖 봄 냄새
소풍 가방에 담아
엄마께 안겨 드려야지.

응원

학원 가기 싫을 때
듣고 싶다.
그 소리

운동회 날
달리기 출발선에서
나를 응원하던 목소리
"힘내라!"

친구랑 다퉈서
기분 안 좋을 때도
듣고 싶다.

잠자리에 들 때
등 토닥이며 하던 엄마 말
"사랑해!"

초록은 동색

나랑 동생보고
엄마는 “초록은 동색”이라 하셨다.

-그게 무슨 말예요?
-초록색은 다 같다는 말이야.

“초록은 동색”
4월, 산을 바라보면
틀린 말임을 알겠다.

굴참나무, 산수유나무, 소나무
제각각 초록빛 잎을 돋아내
산을 꾸미고

봄비 내리면
예쁘게 세수하고
저마다의 초록빛
뽐을 내는데

우리 얼굴 모양처럼
서로 다른 초록빛
초록은 제각각.

청개구리 가로수

2부

국화빵

엄마 아픈 날 | 말 | 심심해 | 국화빵 | 간식시간
이갈이 | 헷갈리는 나이 | 김장하는 날
비밀이 많은 우리 집 | 열꽃 | 이부자리
사이 | 세상에 제일가는 가장
바쁜 우리 아빠

엄마 아픈 날

청소기는
구석에 서 있고
세탁기도 멈추고
쌓인 빨랫감과 키재기 한다.

싱크대 물소리 끊기고
그릇만 뒤죽박죽
뒤섞이고
엄마
잔소리도 멈추었다.

엄마 아픈 날.

말

동생은
매일 '왜?'를
붙이고 다니는
물음표

엄마는
매일 그 '왜'에
답해주는
마침표

나는
매일 '해주세요!'로
끝맺는 부탁하는 말

엄마는
매일 그런 나에게
'~해라.'
명령하는 말.

심심해

동생이 "심심해." 말하면
컴퓨터 게임하고 싶다는 말

내가 "심심해."하면
밖으로 놀러가고 싶다는 말

아빠가 "심심해."하면
간식 먹고 싶다는 말

엄마는 "심심해?"
"책이나 좀 읽지!"

같은 말 가지에
다른 마음 열매
주절주절 열렸네.

국화빵

우리 가족
국화빵 사러 갔다.

국화빵 굽는 아저씨
주전자 들어 밀가루 붓고
단팥 넣으며 웃는다.

"온 가족이 국화빵이네요."하며
덤으로 한 개 더 넣어 준
따끈한 국화빵 봉지

우리 가족 마주보며
갓 핀 국화꽃처럼
환하게 웃었다.

간식시간

꽃집 앞에 내놓은
천냥금 작은 화분
빨간 열매
톡톡 흔들린다.

점심시간
몰래 나와
학교 앞 분식점서
떡볶이 사먹는 나처럼

작은 새 한 마리
통통 뜀뛰기하며
붉은 열매
쪼아 먹는다.

새의 달콤한
간식시간
방해될까
멀리 돌아서
발걸음 옮긴다.

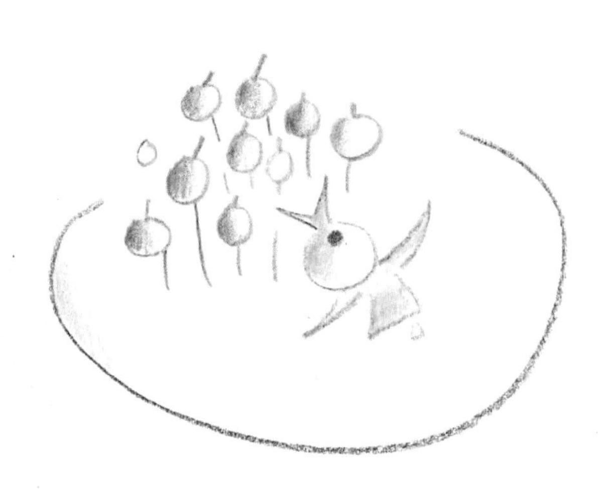

이갈이

흔들흔들
찌걱거리는
앞니

실로 꽁꽁 묶어
'톡!'
'아야!'

목구멍으로
꼴깍,
바람 한 모금 넘어오고

말은
이 뺀 자리에서
새어 나온다.

헷갈리는 나이

내 나이 여덟 살
초등학교 1학년

놀이공원 갈 때, 엄마는
"넌 생일이 안 지나 만 7세야."
뷔페식당 갈 때도
"네가 먹으면 얼마나 먹는다고."
일곱 살이라 하신다.

동생과 장난감 때문에 싸울라치면
"다 큰 애가 장난감으로 싸우니?"
엄마, 아빠 나누는 이야기 궁금해 물으면
"쪼그만 게… 몰라도 돼!"

내 나이 여덟 살, 때로는 일곱 살
다 큰 애가 될 때가 있고
쪼그만 애가 될 때도 있는
헷갈리는 내 나이.

김장하는 날

땅에서 나온 육군 나와라!
배추, 무, 고추, 마늘, 파

바다에서 나온 해군 나와라!
소금, 굴, 새우, 청각

오늘은 육해군 합동
겨울 밥상 상륙작전
김칫독 점령하는 날.

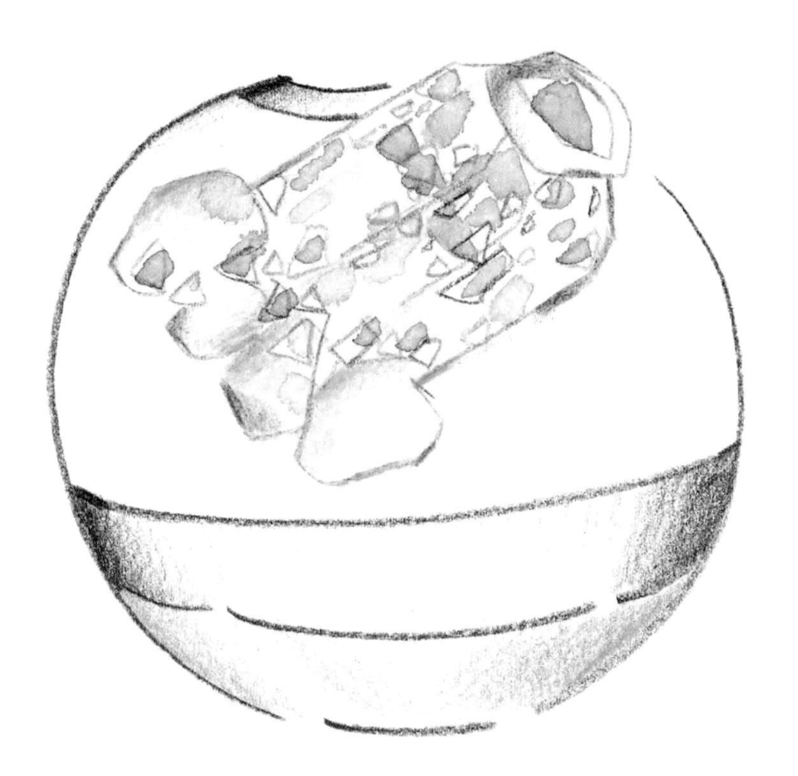

비밀이 많은 우리 집

아파트 복도 들어서며
비밀번호 네 자리

우리 집 현관문은
비밀번호 여섯 자리

내 일기장, 휴대폰
컴퓨터에도 비밀번호

엄마, 아빠
은행 통장과 신용카드에도
비밀스런 비밀번호

그 비밀번호들이 헷갈려
'뭐더라?'를 외친다.

비밀번호가 만든 머릿속 미로는
어떤 비밀번호로 풀 수 있을까?

열꽃

울타리 사이로
다닥다닥
빨간 덩굴장미

내 등에 발갛던
수두 열꽃처럼
붉게도 피었네

열꽃 고이 지라며
쓸어주시던
엄마 생각 나

내 눈길
덩굴장미에
한 번 더 머무네.

이부자리

아침 이부자리는
내 몸부림의 지도

뚝 떨어져 나간
베개는 오세아니아

이불 위 긴 주름은
스칸디나비아산맥

요 위에 난 이랑은
나일 강과 인더스 강

아침 이부자리는
꿈 속의 세계지도.

사이

엄마　　　아빠
엄마　　　나
언니　　　나
친구　　　나
선생님　　　나

그 사이엔 뭐가 있을까?
무엇으로　채울까?
그래! 그래!

엄마♥♥♥♥♥아빠
엄마♥♥♥♥♥나
언니♥♥♥♥♥나
친구♥♥♥♥♥나
선생님♥♥♥♥♥나

세상에 제일가는 가장

아빠! 사장이예요?
……

그럼 본부장?
……

부장? 과장?
……

아냐, 아빠는 이 세상에서
우리 가족을 제일 사랑하는
가장이야!

바쁜 우리 아빠

제일 바쁠 것 같은 대통령은
저녁 뉴스마다 나오고

내가 좋아하는 연예인은
TV켤 때마다 나오는데

아빠는 며칠째 못 봤다.

내가 잘 때 나가고
내가 잘 때 들어오니

대통령보다 연예인보다
더 바쁜 우리 아빠.

청개구리 가로수

3부
나무가 바람에게

가을단풍 | 나무가 바람에게 | 분수와 폭포
길모퉁이 | 꽃놀이 | 벚꽃 지는 날·1
봄비 | 산수유꽃 | 청개구리 가로수
참새 한 마리 | 콩쥐와 팥쥐 | 옥수수수염
비둘기 | 우산 | 벚꽃 지는 날·2

가을 단풍

나뭇잎은
나뭇잎은
지구가
큰 풍선이라
생각하나봐

일 년 내내
후~후~
지구에
산소를
불어 주다가

너무 너무
힘이 들어
얼굴이
빨개졌네!

나무가 바람에게

나무는
봄바람에게
선물을 보낸다.

겨우내 움츠리며
기다렸던 마음
하늘하늘
여린 꽃잎으로

나무는
가을바람에게도
선물을 보낸다.

여름내 키워 온
사랑의 마음
곱게 물들이고
잘 말린 낙엽으로.

분수와 폭포

물은 물인데

위에서 떨어지면
폭포

위로 솟아 오르면
분수

물도
물놀이를
한다.

길모퉁이

길모퉁이
심심할까 봐

봄꽃은
꽃가루 소복 쌓아놓고
민들레가 빼꼼
고개 내밀고

여름 장마
지겨울까
이끼 피어나고
더울까
담벼락이
그늘 지워주고

가을 낙엽
뒹굴며 찾아와

바스락바스락 수다 떨고

겨울 바람이
몰려와
한 바퀴 맴돌아 나가고
눈송이
살포시 내려 앉아
오래오래 놀다 간다.

그래서
길모퉁이는
심심하지 않나 봐

꽃놀이

환한 벚꽃 길
지나는 사람들

꽃 아래 서성이며
"예쁘다! 예쁘다!"

붕붕거리는
벌이 된다.

꽃빛 눈에 담고
꽃향기 풍기며

가슴에 봄을 피우는
꽃이 된다.

벚꽃 지는 날 · 1

봄비 내리는 밤
우리 가족
벚꽃 길 찾아갔다.

가로등 불빛 아래로
솔솔 뿌려지는
봄비와 벚꽃 보며

엄마는 "와! 정말 예쁘다."
나는 "꽃비가 내려요.
동생은 "눈 온다."
아빠는 우산 받쳐주며
빙그레 웃으시기만

벚꽃 지는 밤
내 머릿속 카메라에
살포시 담고

초록 우산 위에
분홍 꽃잎 도장도
덤으로 찍어 왔다.

봄비

흙 이불 덮고 누운
씨앗 위에
싹 틔우라고
타닥타닥,

꼭 다문 꽃봉오리
활짝 피우라고
꽃망울 위에
또닥또닥,

초록 옷
어서 갈아입으라고
연두 나뭇잎 위에
투둑투둑.

산수유꽃

반짝 반짝
쏟아진 별빛
가지에 걸려

별님 달님
다 돌아간
봄날 아침

샛노란
산수유꽃으로
피어났어요.

청개구리 가로수

봄비, 여름비
다 마셔놓고도

목마르다고
바스락대고 있어요.

겨울 다가오는데
나뭇잎 옷

훌훌 벗어
내던져버려요.

참새 한 마리

수업시간에 날아든
참새 한 마리

같이 공부하고 싶어
포르르, 날아왔나?

"와~" 하는 소리에
날갯짓만 파닥파닥

벽에 걸린 시계며
거울에 부딪치자
친구들은 "어! 어!"

열린 창 겨우 찾아
후루룩 날아가서야,
"휴~"

공부시간에 벌어진
참새 한 마리 소동에

친구들 마음도
후루룩, 후루룩
참새 따라 날아갔다.

콩쥐와 팥쥐

마루 밑에서
생쥐 두 마리

쪼르르, 달려 나와
콩서리 하러 간다

콩 먹은 생쥐
콩쥐 되고

팥 먹은 생쥐
팥쥐 되고.

옥수수수염

구릿빛
옥수수수염 끝에

새하얀
옥수수 알
박혀있네

옥수수수염은
수염이 아니라

알들을 키운
탯줄인가 봐!

비둘기

신호 따라 달리는
자동차 위로

어지러이 날아다니는
비둘기, 질서 없다.

먹이 쪼느라
차들이 다가와도

먹는 데 정신 팔린
비둘기, 겁 없다.

숙제 많아도
놀러 나가

이리저리
차 오는 줄 모르고

자전거 타는 나도
비둘기 같겠다.

우산

비 오는 날 우산은
찌푸린 얼굴 펴고 활짝 웃다가

보슬비 반가워
똑똑, 눈물까지 흘리고

집으로 들어가
현관 구석에 세워두면

헤어지기 싫은지
주르륵, 눈물 흘린다.

벚꽃 지는 날 · 2

나풀나풀
나비처럼
날고 싶었니?

하늘하늘
눈송이처럼
땅을 덮고 싶었니?

네 고운 빛
세상에다
도장 찍고 싶었니?

내 어깨로
살포시 내려와
쉬고 싶었니?

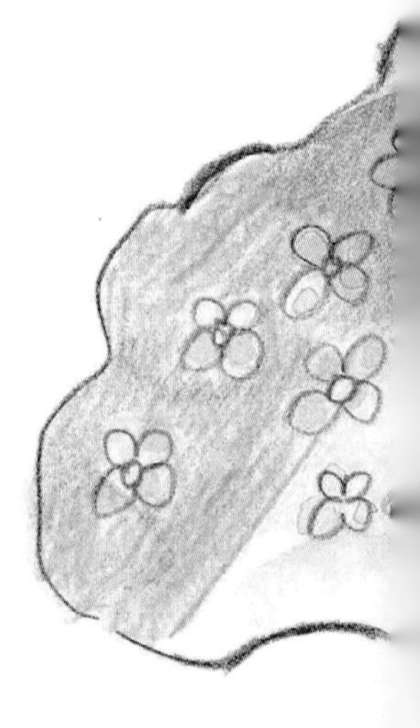

봄을 환하게
채우던 벚꽃 잎
너는.

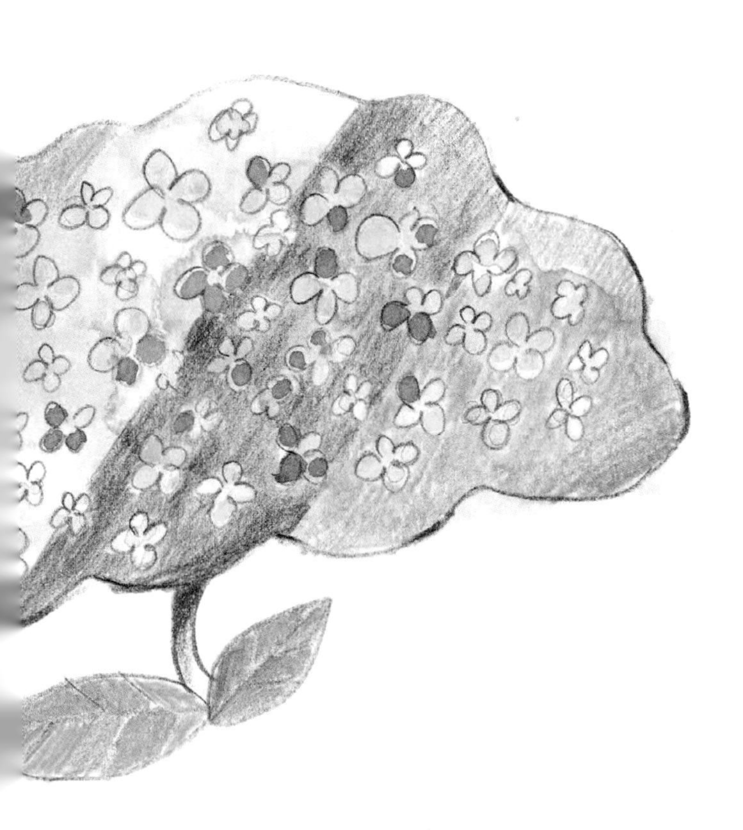

청개구리 가로수

4부 벙어리장갑

내 몸에 남아 있는 여름 | 로봇 | 외계어
다림질 | 황사 | 눈 밝은 할머니 | 세상
짓다 | 세배 | 냉장고 문 | 벙어리장갑
마음과 생각 | 이상한 일 | 마음
달리기 시합

내 몸에 남아 있는 여름

목욕하려고
옷 벗는데

지난여름이
내 몸에
숨어있어요.

수영복
하얀 자국
수영복 밖
그을린 흔적

더위 피해
이곳 저곳 내가 다닌
지도 같아요.

물장구치던
냇가의 물결
차르르, 차르르
부딪치던 파도

지금도
내 몸에서
일렁이고 있어요.

로봇

장난감 가게에서
만져본 장난감 로봇
리모컨으로 조정하면
내 맘대로 움직여요.

그 로봇 사고 싶어
엄마, 아빠께 졸라도
꿈쩍도 안 하시고

하루 종일 로봇 생각에
뾰로통, 투덜투덜
발도 내 맘 따라
소파만 툭툭 찹니다.

내 맘대로
조종하고 싶던 로봇이
이제 내 맘 속에서
나를 조종하고 있나 봐요.

외계어

"엄마, 숙제 좀 도와주세요."
"응, 잠깐만."

"아빠, 이것 좀 고쳐주세요"
"응, 알았어."

한참을 기다려도
엄마는 오시지 않고
며칠이 지나도
아빠는 고쳐주지 않는다.

엄마의 '잠깐만'은
아주 오래이고
아빠의 '알았어'는
몰랐다는 말인가 보다.

엄마 아빠의 말은
어느 별에서
떨어진 걸까?

다림질

놀이터에서
함께 뛰놀던
내 꽃무늬 원피스

세탁기에서
회전목마 탄 것처럼
뱅글뱅글 맴돌다가

건조대에
후줄근히 널렸다.

그 위로
다리미가 지나자
꽃이 활짝 피어난다.

황사

밖으로 놀러가고 싶은 맘
꽁꽁 붙들어 맨
동장군보다 더 무서운
황사!

창문도 꼭 닫혔고
"영우야, 놀자!"
골목에서 부르던 소리도
멈췄다.

눈 밝은 할머니

우리 가족
대전 현충원에 간다.

산을 병풍 삼고
잔디를 이불 삼아 잠드신
할아버지 계시지

할머니
조화 간 뒤
꼭 하시는 한마디
-세수하니 인물이 훤하네요

가족들 나란히 서서
한 차례 절을 하고나면
-우리 손자들 많이 컸지요?
하시는 할머니.

세상

동생이 잠잔다
'세상이 다 잠들었다.'

엄마, 아빠
집에 안계시니
'세상이 텅 비었다.'

세상이 넓다지만
내 세상은
우리 가족

세계를 배우고
우주를 배우고
세계여행을 하고 와도
가족은 내 세상이다.

짓다

엄마는 부엌에서
저녁을 짓습니다.

아빠는 회사에서
집 짓는 일을 하신대요.

짓는 일은
새가 둥지를 만들고

새끼에게 먹이를 주는 것처럼
중요한 일인가 봅니다.

세배

세배는
도깨비 방방이
할 때마다
덕담과 세뱃돈이
뚝딱!

– 건강해라. 공부 잘해라.
뚝딱!
– 책 사 봐라. 책가방 사라.
뚝딱!

세배는
드리는 것보다
받는 게 더 많은
일 년에 한 번 찾아오는
도깨비 방망이.

10000
1000
1000
1000

냉장고 문

여름이면
우리 집 냉장고 문은
온도계가 된다.

학원 갔다 오면
시원한 아이스크림 없나 해서
내가 한 번

유치원 갔다 오면
얼음 한 조각 입에 넣으려고
내 동생이 한 번

뛰고 놀다 와
차가운 물 마시고
머리 식히려고
또 한 번

집에서 심심할 때
또 한 번 더
여닫는다.

여름 우리 집 냉장고 문은
열렸다 닫힌 횟수로
더위를 표시해 준다.

벙어리장갑

엄지,
-아이 추워 좀 들어가도 되지?

검지,
-얘들아 나를 따라와

중지,
-난 좀 큰데 내가 들어갈 수 있을까?

약지,
-좀 복잡해도 들어가 보지 뭐

새끼손가락,
-나도 나도 !

꼼지락 꼼지락
손가락 몸부림도
손가락 자리다툼도
감싸 안은

말 없는 벙어리장갑.

마음과 생각

– 그런 생각은 아예 접어.
– 생각을 맘껏 펼쳐보세요.

– 그런 마음은 일찌감치 접어.
– 마음을 내게 보여줘.

생각과 마음이
색종이인가?

접었다 펼쳤다
꺼내 보였다 하게.

이상한 일

모기는
이빨이 없다는데
또 물렸다.

참 이상하다.

마음

엄마!

소풍 가기 전날
목소리 커지고
잠이 안 오고

골목길 돌아가면
좋아하는 친구
금방이라도
나타날 것 같고

연초록 나뭇잎이
바람에 흔들릴 때
내 맘에 잔잔히 물결 이는 건

왜 그런가요?
"응 그건, 네 마음이 설레기 때문이지."

달리기 시합

비 오는 날
차를 타고
달려가면

유리창에 붙은
빗물 올챙이들도
달리기한다.

쉭쉭
또르르—
또르르—

부딪치고
미끄러지며
달리기한다.

아이가 숨 쉬고 뛰노는 동시집

박방희 (시인, 아동문학가)

남지민 시인은 오래 전 어느 문화센터에서 처음 만났다. 수업에 가장 먼저 출석하고 마지막까지 남아 뒷정리를 하는 아주 충실한 수강생이었다. 대학에서 교육학과 국어교육을 공부하고 잡지를 만든 경력도 있었다. 당연히 시재도 뛰어나 작품을 쓰는 데 궁색함이 없었다. 결혼하여 아이들도 있었는데 수업할 때 따라온 꼬마들과도 나는 꽤 친하게 지냈다. 그러다가 집안에 사정이 생겨, 그 다음엔 직장을 다시 나가게 되면서 소식이 뜸해졌다. 공부한 지 십 년이 넘고 등단한 지도 한참인데 시집이나 한 권 묶어내지, 혼자 생각하고 있었는데 마침 책을 내게 되었다며 해설을 부탁해 왔다. 반가운 마음에 수락하고 원고를 받았다. 그 동안 대학원 공부도 시작하여 무척이나 바쁘게 살고 있다는 소식과 함께 지금까지 써둔 작품들을 이쯤에서 정리하고 새롭게 시작하고 싶다는 바람직한 소회와 함께.

남 시인은 아이들 같은 순수함을 잃지 않고 있는 맑은 심성을 가진 사람이다. 이런 점은 자신의 아이들을 키우면서 또 어린이집이나 유치원에서 아이들과 함께해 온 생활에서 비롯되었을 것이다. 따라서 그의 시세계는 아이를 떠나서는 존재하지 않는다. 어디까지나 아이가 주역이고 중심인 세계이다. 한마디로 요약하자면, 아이가 숨 쉬고 뛰노는 동시집이라 할 만하다. 이번 첫 시집에는 크게 '가족'과 '아이의 생활' 이야기, 그리고 '사물과 자연'과 '아이의 생각'이 담긴 시편들로 구성되어 있다.

1. 가족의 소중함과 그 의미

아이에게 가족은 세상의 전부라 해도 과언이 아니다. 그런 가족으로는 엄마와 아빠가 있고 동생과 누나와 형이 있고 할머니와 할아버지가 있고 그리고 외가 쪽 가족이 있다. 특히 이 시집 속의 가족은 '국화빵' 같은 가족으로, "동생이 잠잔다,/ '세상이 다 잠들었다.' // 엄마, 아빠/ 집에 안계시니/ '세상이 텅 비었다.' // 세상이 넓다지만/ 내 세상은/ 우리 가족// 세계를 배우고/ 우주를 배우고/ 세계여행을 하고 와도/ 가족은 내 세상이다."(〈세상〉 전문)에서처럼 아이들에겐 세상의 전부나 마찬가지인 가족이다.

우리 가족
국화빵 사러 갔다.

국화빵 굽는 아저씨
주전자 들어 밀가루 붓고
단팥 넣으며 웃는다.

"온 가족이 국화빵이네요."하며
덤으로 한 개 더 넣어 준
따끈한 국화빵 봉지

우리 가족 마주보며
갓 핀 국화꽃처럼
환하게 웃었다.

-〈국화빵〉 전문

겨울이면 길거리에서 국화빵을 구워 파는 모습은 흔하게 볼 수 있는 풍경이다. 국화빵을 사려간 가족에게 국화빵 장수가 한마디 한다. "온 가족이 국화빵이네요." 그렇다. 가족이란 닮기 마련이다. 아이들은 엄마나 아빠를 닮고 엄마와 아빠는 서로 닮는다. 한 가족이 되어 살다보면 서로서로 닮아가는 것이다. 일가족이 국화빵 사러오는 모습도 정겹고, 국화빵을 팔면서 덤으로 한 개 더 넣어주는 빵 구워 파는 아저씨의 모습도 정겹다. 그래서 즐거움에 즐거움이 더해져 가족은 서로 마주보며 갓 핀 국화꽃처럼 환하게 웃을 수 있다. 그런 가족 중에서도 아이와 가장 가까운 존재는 단연 엄마이다.

청소기는
구석에 서 있고
세탁기도 멈추고
쌓인 빨랫감과 키재기 한다.

싱크대 물소리 끊기고
그릇만 뒤죽박죽
뒤섞이고
엄마
잔소리도 멈추었다.

엄마 아픈 날.

–〈엄마 아픈 날〉 전문

엄마는 잘 안 아프지만 엄마도 아플 수 있다. 〈엄마 아픈 날〉은 엄마가 아파 누운 날의 집안 분위기를 잘 그린 수작이다. 엄마는 가족 중에서도 아이들에겐 가장 중요한 가족이다. "내가 잘 때 나가고/ 내가 잘 때 들어오니// 대통령보다 연예인보다/ 더 바쁜 우리 아빠.(〈바쁜 우리 아빠〉 부분)에서 보듯 아빠는 봐도 그만 안 봐도 그만이지만 엄마는 그렇지 않다. 그런 엄마가 아픈 날은 집의 공기는 무겁게 가라앉는다. 쌩쌩 돌아가던 청소기는 구석에 서 있고 세탁기도 멈춘 사이 쌓인 빨랫감은 키 재기를 한다. 싱크대 물소리도 끊기고 뒤죽박죽 그릇만 뒤섞인 가운데 무엇보다 가슴 아픈 것은 엄마 잔소리가 멈추었다는 사실이다. 아이의 처지에선 차라리 잔소리를 들을지라도 엄마가 안 아프기를 바란다. 엄마가 아프면 아이와 함께 집도 아픈 것이다.

이러한 가족관계를 이어주고 채워주는 것은 무엇일까? 그건 바로 사랑이다. 아이들에게 사랑이야말로 가족관계는 물론 모든 사회관계의 기본이 된다.

엄마　　　아빠
엄마　　　나
언니　　　나
친구　　　나
선생님　　나
그 사이엔 뭐가 있을까?
무엇으로 채울까?
그래! 그래!

엄마♥♥♥♥♥아빠
엄마♥♥♥♥♥나
언니♥♥♥♥♥나
친구♥♥♥♥♥나
선생님♥♥♥♥♥나

–〈사이〉 전문

〈사이〉라는 시는 가족관계가 어떠해야 하는지를 한눈에 보여준다. 구구한 설명과 말이 필요 없는 사이가 가족 간의 사이이다. 오로지 사랑이라는 것을 하트 표시로 드러낸다. 그리고 이 사랑의 관계는 가족을 뛰어넘어 친구와 친구 사이에도, 선생님과 학생의 사이에도 절실하게 필요함을 ♥로 웅변하고 있다.

이 외에도 가족의 의미나 모습, 가족관계를 소재로 쓴 작품은 상당히 많다. 어린이들의 삶, 특히 저학년으로 내려갈수록 아이들에게 가족과 가정생활은 그만큼 중요한 부분을 차지하기 때문이리라. 〈아침에〉 〈콩밭〉 〈봄 소풍〉 〈말〉 〈심심해〉 〈헷갈리는 나이〉 〈외계어〉 〈벚꽃 지는 날·1〉 〈눈 밝은 할머니〉 등은 가족을 직접적인 소재로 하거나 가족을 등장시킨 작품들이다. 이 중에서 오늘날 아버지의 위상을 생각하게 하는 작품 한 편을 보자. 바람직한 가족의 전형이라 하겠다.

아빠! 사장이예요?
……

그럼 본부장?
……

부장? 과장?
……

아냐, 아빠는 이 세상에서
우리 가족을 제일 사랑하는
가장이야!

–〈세상에서 제일가는 가장〉 전문

2. 아이의 생활

아이의 생활 대부분은 집과 학교에서 이루어진다. 학교생활의 대부분은 수업 시간으로 채워진다. 수업 시간 사이사이 쉬는 시간은 아이들의 숨통을 틔워주는 금싸라기 같은 시간이다. 짧은 그 시간에 화장실도 가고 기지개도 켜고 다물고 있던 입도 벌려 떠들고 장난도 치며 다음 수업을 준비한다. 그런 가운데 오전 수업을 마치고 찾아오는 점심시간은 아이들이 가장 기다리는 시간이다. 급식이 이루어지는 시간으로 바로 이때가 인기투표 시간이라는 것이다.

맘에 드는 친구
좋아하는 친구
착한 친구에겐

맛있는 반찬
수북이 담아주는
급식시간은

우리 반
인기 투표시간.

—〈급식시간〉 전문

시를 읽고 나면 급식시간이 왜 인기투표 시간이 되는지 드러

난다. "맘에 드는 친구/ 좋아하는 친구/ 착한 친구에겐// 맛있는 반찬/ 수북이 담아주는" 급식시간이기 때문이다. 학교에서는 우정을 나누는 좋은 시간과 함께 우정에 금이 가는 좋지 않은 일도 벌어진다.

학교 가는 길
나연이와 나 사이
반짝! 해 떴다.

토닥토닥, 말다툼
나연이와 나 사이
소나기 내린다.

꿉꿉한 마음으로
집에 오는 길
놀이터 소꿉놀이

넌 엄마, 난 아빠
나연이와 나 사이
무지개 떴다.

—〈친구 사이〉 전문

학교생활에서 흔히 일어날 수 있는 친구 사이의 다툼이 어떻게 발생하고 그 다툼을 어떻게 풀어 가는지 그 과정을 아름답게 표현한 작품이다. 아침에 학교 갈 때는 서로 동무하며 나란히 학교에 갔으므로 "나연이와 나 사이/ 반짝 해 떴다." 로 표현할 수 있다. 그러나 "토닥토닥, 말다툼" 이 일어나고 "나연이와 나 사이/ 소나기가" 내리고 말았다. 서로가 "꿉꿉한 마음으로/ 집에 오는 길" 에 "놀이터 소꿉놀이"를 함께하면서 "넌 엄마, 난 아빠"로 다시 친구가 된 "나연이와 나 사이/ 무지개"가 떠오른다는 것이다.

장난감 가게에서
만져본 장난감 로봇
리모컨으로 조정하면
내 맘대로 움직여요.

그 로봇 사고 싶어
엄마, 아빠께 졸라도
꿈쩍도 안 하시고

하루 종일 로봇 생각에
뾰로통, 투덜투덜
발도 내 맘 따라
소파만 툭툭 찹니다.

내 맘대로
조종하고 싶던 로봇이

이제 내 맘 속에서
나를 조종하고 있나 봐요.

-〈로봇〉 전문

〈로봇〉은 아이의 마음을 잘 표현한 빼어난 작품으로 아이의 생활을 잘 담아냈다. 아이들, 특히 남자 아이들은 로봇을 좋아한다. 누구나 한두 개 로봇 장난감을 가지지 않은 아이가 없을 정도이다. 실제 로봇이 진화하듯 장난감 로봇도 진화하여 점점 더 세련된 기능을 갖추므로 아이들의 새 로봇에 대한 갈망은 끝이 없다. 여기서도 마찬가지이다. 장난감 가게에서 만져본 로봇은 리모컨 조정으로 맘대로 움직일 수 있는 로봇이다. 그 로봇을 사고 싶어 부모님께 졸라 보지만 소용이 없다. 하루 종일 로봇 생각에 뾰로통해서 투덜대며 소파만 툭툭 차보지만 엄마, 아빠는 꿈쩍도 안 한다. 이제 "내 맘대로/ 조종하고 싶던 로봇이/ 이제 내 맘속에서/ 나를 조종하고" 있는 것이다. 아이 스스로도 자기가 로봇에 조종되고 있다는 것을 인식하는 것을 보면 아이에게 로봇을 사줘도 좋지 않을까 싶다.

목욕하려고
옷 벗는데

지난여름이
내 몸에
숨어있어요.

수영복
하얀 자국
수영복 밖
그을린 흔적

더위 피해
이곳저곳 내가 다닌
지도 같아요.

물장구치던
냇가의 물결
차르르, 차르르
부딪치던 파도

지금도
내 몸에서
일렁이고 있어요.

—〈내 몸에 남아 있는 여름〉 전문

이 작품은 "지난여름이/ 내 몸에/ 숨어 있"는 아이의 생활을 잘 드러내고 있다. "수영복/ 하얀 자국/ 수영복 밖/ 그을린 흔적"을 아이 몸에 남아 있는 여름으로 표현한 것은 시인의 예리한 시선을 보여준다. 나아가 "물장구치던/ 냇가의 물결/ 차르르, 차르르/ 부딪치던 파도"가 "지금도/ 내 몸에서/ 일렁이고 있"다고 표현한 것은 매우 감각적인 대목으로 작품에 리듬감과 함께 생동감을 부여한다. 이 밖에도 아이의 생활을 표현한 작품들로는 〈입방아〉 〈점〉 〈책가방〉 〈먼지〉 〈간식시간〉 〈참새 한 마리〉 〈이부자리〉 등이 있다. 이런 작품을 통해 독자들은 아이의 일상생활을 아이의 입장에서 들여다보며 이해하고 공감하게 된다.

3. 사물과 자연

세 번째로 살펴볼 것은 사물과 자연에 대한 성찰이다. 남 시인이 주로 다루는 사물은 일상생활에서 흔하게 만나는 사물들이다. 이를테면 봄날의 꽃놀이, 여름날의 인공 분수와 폭포, 비 오는 날 유리창에 흘러내리는 빗방울, 역시 비 오는 날 자주 마주치는 지렁이와 우산, 옥수수수염, 가로수, 단풍, 그리고 '다림질' 같은 집안일까지 다양하다. 먼저 〈분수와 폭포〉라는 작품부터 보자.

물은 물인데

위에서 떨어지면
폭포

위로 솟아오르면
분수

물도
물놀이를
한다.

-〈분수와 폭포〉 전문

무더운 여름철을 시원하게 해주는 것으로 분수대의 분수가 있고 폭포가 있다. 폭포는 인공적인 폭포가 있고 자연의 폭포가 있다. 자연의 폭포는 산에 가야 볼 수 있지만 인공의 폭포는 도심에서도 볼 수 있어 더위에 지친 사람들에게 휴식을 제공한다. 분수나 폭포는 다 같은 물로서 하나는 위로 솟아올라 분수가 되고 하나는 위에서 떨어져 폭포가 되어 사람들을 시원하게 해준다. 그런데 그건 어디까지나 사람의 입장에서 볼 때 그럴 뿐이다. 물의 입장에서 보자면 폭포든 분수든 같은 물로서 그저 물놀이를 하고 있을 뿐이라는 것이다. 다음의 〈달리기 시합〉은 비 오는 날 달리는 차창에 미끄러지는 빗방울들을 보고 "빗물 올챙이들" 이 달리기 시합하는 것으로 묘사한 작품이다.

비 오는 날
차를 타고
달려가면

유리창에 붙은

빗물 올챙이들도
달리기한다.

쉭쉭
또르르 —
또르르 —

부딪치고
미끄러지며
달리기한다.

—〈달리기 시합〉 전문

이 작품에서 시인은 “쉭쉭/ 또르르—/ 또르르—” 같은 의성어와 의태어를 적절하게 사용하여 비 오는 날 차창에 미끄러지는 빗방울들의 모습을 재미있게 그렸다. 그런가 하면 역시 비 오는 날 만난 지렁이를 보고 쓴 작품도 있다. “땅에서 솟았나?/ 하늘에서 떨어졌나?// 비 오는 날/ 지렁이 한 마리// 아스팔트 주차라인/ 한 자리 차지하고/ 꿈틀꿈틀/ 샤워하고 있네// 차 오면 어쩌려고?”(〈지렁이〉 부분) 하거나, “비 오는 날 우산은/ 찌푸린 얼굴 펴고 활짝 웃다가// 보슬비 반가워/ 똑똑, 눈물까지 흘리고// 집으로 들어가/ 현관 구석에 세워두면// 헤어지기 싫은지/ 주르륵, 눈물 흘린다.”(〈우산〉 전문)처럼 비 오는 날 접하는 여러 사물들의 모습을 어린이 눈높이에서 그리고 있다.

다음은 건조대에 널린 원피스를 소재로 하여 쓴 〈다림질〉이라는 작품이다. 놀이터에서 아이랑 함께 뛰놀던 꽃무늬 원피스를 세탁기에 넣고 돌린다. 원피스는 회전목마 탄 것처럼 뱅글뱅글 맴돌다가 건조대에 후줄근히 널렸다. 빨래가 마른 후 아이의 옷은 걷어져 다림질이 시작된다. 아이의 꽃무늬 원피스에서 꽃이 활짝 피어난다. 구현된 심상이 아름다운, 눈여겨 볼만한 작품이다.

놀이터에서
함께 뛰놀던
내 꽃무늬 원피스

세탁기에서
회전목마 탄 것처럼
뱅글뱅글 맴돌다가

건조대에
후줄근히 널렸다.
다리미가 지나자
꽃이 활짝 피어난다.

–〈다림질〉 전문

이 외에도 사물과 자연을 담은 작품으로 〈이갈이〉 〈김장하는 날〉〈열꽃〉〈가을 단풍〉〈산수유 꽃〉〈청개구리 가로수〉〈옥수수수염〉〈벚꽃 지는 날·2〉〈마음〉 등을 찾아 볼 수 있다.

4. 아이의 생각

남 시인은 아이의 생각을 담아내는 데도 상당한 솜씨를 보인다. 생각하는 아이를 만나볼 수 있는 작품들은 어떤 것인지 먼저 〈응원〉부터 보자. 응원이란 본래 운동 경기 등에서 선수들이 힘을 낼 수 있도록 격려해주는 일을 말한다. 즉 노래나 손뼉치기 등 여러 방식으로 곁에서 성원하고 호응하여 도와주는 것이다.

학원 가기 싫을 때
듣고 싶다.
그 소리

운동회 날
달리기 출발선에서
나를 응원하던 목소리
"힘내라!"

친구랑 다퉈서
기분 안 좋을 때도

듣고 싶다.

잠자리에 들 때
등 토닥이며 하던 엄마 말
"사랑해!"

-〈응원〉 전문

학원이란 아이들이 별로 가고 싶어 하지 않는 곳이다. 그도 그럴 것이 학교 공부에 지친 아이들이 쉬지 못하고 다시 가야 하는 곳이 학원이다. 물론 가야 할 이유나 훌륭한 목적도 있다. 그러나 학교 수업을 마친 아이들은 좀 쉬거나 놀고 싶을 것이다. 그래서 학원에 가기 싫은 날, 가족의 다정한 한마디 "힘내라!"는 말은 운동회 날 달리기 시합 출발선에서 듣던 바로 그 소리로 아이에게 용기를 주는 응원이 된다. 친구랑 다퉈서 기분이 안 좋을 때도 "사랑해!"라는 엄마의 한마디, 바로 잠자리에서 엄마가 등 토닥이며 해주던 바로 그 말이 커다란 응원이 되어 아이를 격려해 준다.

다음의 〈벙어리장갑〉은 가족관계나 더불어 사는 모습을 드러내는 이야기 동시로 동화적인 내용을 담고 있다. 이런 시는 어린이는 물론 어른들도 읽으며 교훈을 얻을 수 있는 감동적인 작품이다. "꼼지락 꼼지락/ 손가락 몸부림도/ 손가락 자리다툼도/ 감싸 안은// 말 없는 벙어리장갑"에서 모든 것을 포용하고 받아주는 어머니의 사랑을 떠올리게 된다.

엄지,
-아이 추워 좀 들어가도 되지?

검지,
-얘들아 나를 따라와.

중지,
-난 좀 큰데 내가 들어갈 수 있을까?

약지,
-좀 복잡해도 들어가 보지 뭐.

새끼손가락,
-나도! 나도!

꼼지락 꼼지락
손가락 몸부림도
손가락 자리다툼도
감싸 안은

말 없는 벙어리장갑.

-〈벙어리장갑〉 전문

〈거미〉같은 작품도 어린이의 속 깊은 생각이 담긴 시로 한 번쯤 독자를 생각해 보게 한다. “해 질녘/ 처마 끝에 쳐놓은 거미줄/ 낮 내내 보이지 않던 거미/ 거미줄 가운데로 슬금슬금/ 옮겨 앉는다.// 거미줄은/ 거미의 장바구니일까?/ 거미의 저녁 밥상일까?”(〈거미〉 전문)

아이들의 생각도 나름대로 논리가 있다. 세상 물정을 모르는 어린이들이라 별 생각이 없을 것이라는 생각이나 순진무구하여 비이성적인 생각만 할 것이라는 생각은 위험하다. 아이들은 아이들 방식대로 세계를 인식한다. “신호 따라 달리는/ 자동차 위로// 어지러이 날아다니는/ 비둘기, 질서 없다.// 먹이 쪼느라/ 차들이 다가와도// 먹는 데 정신 팔린/ 비둘기, 겁 없다.// 숙제 많아도/ 놀러 나가// 이리저리/ 차 오는 줄 모르고// 자전거 타는 나도/ 비둘기 같겠다.”(〈비둘기〉 전문) 같은 시는 논리 정연한 시이다. 그런가 하면 이와는 달리 역시 아이답게 순진한 생각도 한다. 그건 그것대로 시적 진실을 획득하며 시가 될 수 있다.

모기는
이빨이 없다는데
또 물렸다.

참 이상하다.

–〈이상한 일〉 전문

일반적으로 물렸다고 하면 깨물 수 있는 이가 있어야 가능하다. 그런데 모기는 이빨이 없다고 알려져 있다. 이빨도 없는 모기한테 물렸다는 것은 이상한 일이다. 이빨도 없는 게 어떻게 물 수 있단 말인가? 아이의 생각으로는 도저히 이해 할 수 없는 일이다. 그래서 〈이상한 일〉이라는 작품이 태어났다. 이와 같이 아이의 생각은 그게 논리적이든 비논리적이든 아이의 눈높이에서 진실이면 진실인 것이다. 아이의 마음을 표현한 작품들로는 〈초록은 동색〉 〈2월〉 〈비밀이 많은 우리 집〉 〈길모퉁이〉 〈나무가 바람에게〉 〈콩쥐와 팥쥐〉 〈비둘기〉 〈짓다〉 〈세배〉 〈냉장고 문〉 〈마음과 생각〉 등이 있다.

지금까지 살펴본 대로 남지민의 첫 동시집은 ‘가족’과 ‘아이의 생활’ 이야기, 그리고 ‘사물과 자연’, ‘아이의 생각’이 담긴 시편들로 이루어졌다. 다양한 소재에 다양한 주제로 작품을 썼지만 수미일관(首尾一貫) 아이가 주인공으로 나오는 “아이가 숨 쉬고 뛰노는 동시집”이라 할 만하다. 독자들은 책 속에서 바로 그 아이들을 만나 함께 숨 쉬고 함께 뛰놀 수 있을 것이다.